J'ai aimé profondément une ville – Moscou – qui a changé avec le temps, une partie de ce que j'aimais a disparu. J'ai commencé un récit dans lequel elle serait l'héroïne, un essai sur ses motifs réels ou fantasmés, ses trous et l'immensité du pays tout autour. Ce territoire est devenu un corps de rumeurs et de fossiles marins, un corps d'amours et de souvenirs, un corps d'une insoutenable violence.

LA NUIT AU PAS

Isabelle Cornaz

Éditions La Baconnière
46 ch. de la Mousse
1225 Chêne-Bourg
Suisse

Graphisme : Marco Saccaperni
Relecture : Antoine Chanteloup
Impression de la couverture : Atelier Madame, Genève
Imprimé en France par l'imprimerie Floch en mai 2023 sur des papiers certifiés FSC (102657)

La Baconnière bénéficie du soutien de la République et canton de Genève de 2023 à 2027 et de l'Office fédéral de la culture pour les années 2021-2024.

editions-baconniere.ch

Avec le soutien de la Ville de Lausanne

Ville de Lausanne
Service des bibliothèques
& archives

LA NUIT AU PAS

Isabelle Cornaz

Éditions La Baconnière

Si ce n'était pour la peinture de pluie
Les recettes à la fraise
Le soleil transparent
Si ce n'était
Les caresses égrenées
Ces métros de chaleur
Ces nuits emplies de plomb

Si ce n'était pour l'air chaud la poussière
La vie des chats qui lèchent la lumière
Les autoroutes assombries de sommeil
Cette richesse clinquante

Si ce n'était
Ces feuilles vertes mordorées
J'aurais repeint la rue
Tout serait argenté
Un Moscou froid et tendre
Comme un petit glaçon.

1.

Je me souviens d'un jour, enfant, où nous avions pêché tant de poissons qu'il avait fallu en remettre quelques-uns à l'eau. Il y avait un quota à ne pas dépasser, pour les pêcheurs amateurs.

Mon père avait un petit bateau. Nous coupions le moteur au milieu du lac et tout s'arrêtait : le vent, les nausées, le froid.

Nous plongions. Une journée de serviettes, de roseaux, de cailloux.

Les moucherons se cognaient contre nos yeux, nos lèvres, quand nous remontions le soir, à vélo, à travers la forêt noire et humide.

La forêt, au mois de mai, était remplie d'ail des ours.

Nous voulions toujours plus de poissons.

*

La légende court que les enfants conçus sous une aurore boréale seraient plus heureux. Ou qu'il y aurait plus de chance que ce soient des garçons. Dans la région de Mourmansk, dans le Grand Nord russe, au-delà du cercle polaire, les touristes chinois chassent les aurores boréales. Parfois, ils doivent patienter plusieurs jours pour en voir une. À cause du réchauffement climatique, le ciel est moins souvent dégagé, les aurores boréales se font rares. Les touristes deviennent nerveux.

Les guides leur proposent de chanter, de s'embrasser, pour provoquer l'arrivée des rayonnements lumineux dans le ciel noir.

*

J'ai pensé à Moscou comme à un détail, une fleur.

Celles, en plastique, des tables des cantines. Les violettes sauvages des trains de banlieue, de retour des datchas. Un bouquet disproportionné dans une rame de métro, éclipsant le visage des autres passagers. L'amoncellement de fleurs à la mémoire de l'opposant Boris Nemtsov, plaie à vif au-dessus de la rivière, mémorial citoyen inlassablement arraché par les autorités, inlassablement reconstruit.

Les œillets des parades. Des enterrements. Les roses du 8 mars qu'on vous offre dans les magasins parce que vous êtes une femme. Les bouquets achetés dans la nuit, dans une boutique en sous-sol, dans une chambre froide. Ces petits kiosques à fleurs, luisant dans un carrefour englouti par la nuit, désormais supprimés. Le maire de la ville ne les aimait pas. Les roses fraîches sur les plaques commémoratives des poètes.

Peu après le début de l'invasion russe en Ukraine, ce ruban, autour d'une fleur pour le soldat inconnu, où il est écrit : « Nos ancêtres ne se sont pas battus pour ça ».

*

Les soldats russes ont volé et ramené d'Ukraine des parfums et des vêtements, des enceintes Bluetooth, de la nourriture, des trottinettes, des matelas, du vin, des machines à laver, des tracteurs agricoles. Des téléphones, des cannes à pêche, des jouets cassés.

*

Des platebandes de pissenlits chauffent au soleil de la fin de l'été. Les cours cachées de Moscou s'emboîtent les unes dans les autres, comme une ville infinie.

C'est ici que se trouve le cœur de la ville. À bien y regarder, des artères apparaissent, la ville se révèle et la carte s'enfonce. Des capillaires d'été gonflés de sang.

C'est là que la ville devient lisible. Il faut zoomer le plus possible sur les cartes digitales pour voir cette partie de la ville qui sinon nous échappe, n'apparaît tout simplement pas.

*

L'été aura disparu d'un seul coup. L'automne et le printemps sont des saisons friables. Trop rapidement, elles tombent du côté des soirées glacées ou de journées de canicule. Ces arbres transparents d'avril chargés de lumière, leurs branches nues qui ont séché, qui n'ont plus de neige mais pas encore de feuilles, on les range encore, dans l'empressement, du côté de l'hiver. Au mois de septembre aussi, le jour peut déjà basculer. La vue se brouille, il fait gris-blanc, la teneur de la ville s'échappe.

*

De rares fois, la justice russe a condamné des militaires pour avoir dépouillé des morts.

Sur le site de l'accident de l'avion qui transportait le président polonais au-dessus de Smolensk, il y a quelques années, un soldat russe a volé les cartes bancaires d'un des passagers, décédé.

Sur une petite feuille de carton, le soldat a trouvé les mots de passe des cartes de crédit du défunt, dans son portefeuille. Avec trois complices, ils ont dépensé l'argent volé dans un café.

*

La première fois que j'ai découvert Moscou, c'était à travers le double vitrage bruni d'une tour d'hôtel vétuste, au mois de février. Je ne voyais rien. Sur la place en contrebas, au pied du ministère des Affaires étrangères, à la sortie d'un passage souterrain, un petit groupe de communistes manifestait. Leur drapeau rouge tranchait avec la ville avalée par le blanc.

En russe, il y a ce mot : *nepogoda*, l'intempérie. Littéralement, cela signifie le non-temps, *ne-pogoda*. Le temps est si mauvais, qu'il n'est pas. Gardons le mot *temps* pour quand il fera beau.

Le soleil sera doux, pas brûlant.

2.

Pour aller à la datcha, me dit Tania, nous avons traversé à pied la rivière gelée. Notre chat marchait devant nous, et nous, instinctivement, nous le suivions. Nous étions en file indienne. La couche de glace était très fine. Ma mère croit, encore aujourd'hui, que le chat nous a sauvés.

*

Dès les premiers jours de l'invasion de l'Ukraine, à cause d'un dégel précoce, les tanks russes ont dû rouler sur des routes asphaltées, en longs convois, ce qui les a rendus plus vulnérables.

*

Dans la baie de l'Amour, à Vladivostok, sur le gel immaculé, il y a tant de personnes qui viennent en voiture pour pêcher que des embouteillages se forment. Elles arrivent dès l'aube, dans l'obscurité.

En janvier 2020, trente voitures ont coulé, la glace a cédé.

Lorsque le gel commence à fondre, au printemps, le pêcheur, qui a fait un trou dans la glace et s'est assis sur une petite chaise pendant toute la journée, ne veut pas s'en aller, car c'est quand la glace commence à s'effriter que les poissons sont les plus accessibles, réellement à portée de main.

*

À Moscou, une jeune militante féministe, opposée à la guerre, a été interpellée pour avoir porté une rose jaune.

Le graffiti suivant a probablement été effacé : une rangée de ballerines du Lac des cygnes, décapitées. Lorsqu'un dirigeant du Politburo mourait, qu'un événement tragique se produisait, le pouvoir soviétique, plutôt que de l'annoncer, passait *Le Lac des cygnes* à la télévision.

*

Dans les cours moscovites, il y a des barrières partout, le sol est zébré, d'ombres et de soleil.

Des fragments de gazoducs surgissent de terre, enjambent la rue, puis replongent dans le sol. Sur les murs des maisons, une forêt de tuyaux jaunes et de fils électriques. Les places de jeux sont cernées de palissades, les fenêtres des rez-de-chaussée sont striées de barreaux.

Des arbustes naissants sont maintenus droits au moyen d'une clôture minuscule et penchée. Ces plantes sont toutes petites et les barrières qui les entourent plus dérisoires encore. On touche à l'obsession de la barrière dans sa forme la plus désarmante.

Les cabanons à poubelles sont entourés d'un grillage fermé à clé, mais troué.

Les *bania* des cours moscovites et leurs clients sortant en tongs l'été. La vapeur sur le goudron brûlant. L'ombre mouillée des escaliers. Les arrière-boutiques des supermarchés. Le magasin de toilettage pour chien *Milord.* Ou de l'autre côté de l'avenue Novoslobodskaïa, cette prison, Boutyrka, toujours en activité, l'une des plus anciennes de Russie, invisible depuis la rue, dissimulée par une coquette maison en brique qui abrite un centre de visas. Le dos de ce château pénitentiaire donne sur une énième cour, aux odeurs de cuisine, les barbelés se mêlent aux feuilles des arbres et aux bruits de ballon, un homme tient son enfant dans ses bras.

*

Au commencement de la rue Palikha, à l'orée de ces cours, il y a un petit buste de Lénine. L'hiver, la neige lui dessine une chapka blanche, tranchant avec le gris métallique de son visage. C'est un buste égaré, qui n'a rien de monumental. De l'autre côté de la rue, un canapé resté dehors pendant des années, au coin d'une maison basse toujours illuminée, la porte ouverte, comme dans une ville du Sud.

Assise sur ce canapé, en bordure des cours, j'entends les bruits de la capitale, un râle sous-marin sur lequel tous les échos viennent se fondre.

*

L'été, le petit village de Teriberka, au bord de l'océan Arctique, voit débarquer de jeunes Russes adeptes des bâtiments désaffectés, attirés par l'esthétique saisissante des ruines. La toundra s'étend à perte de vue, creusée par les marais. Une terre sauvage, verte, rousse, violette. Le lichen et les baies se mêlent à l'or et l'ocre. En 2005, l'école du village a été déplacée, car il y avait de moins en moins d'élèves. L'ancien bâtiment, solide, de trois étages, a été abandonné. Les livres gisent encore par terre, la salle d'informatique ressemble à ces squelettes de bateaux échoués sur la rive. Certains sont venus prendre ici des bouts de métal ou des cadres de fenêtre pour les revendre, d'autres fumer ou boire, et ont laissé sur le sol leurs canettes de bière. La neige et le vent pénètrent dans les salles en hiver. Les adeptes des ruines volent des carnets d'élèves des années 1950, photographient les dessins sur les murs et les exhibent comme des trophées.

*

Les stations de ski parmi les plus septentrionales du monde ne sont pas très loin de Teriberka. Quelques centaines de kilomètres plus au sud, à Kirovsk.

Le bibliothécaire de Kirovsk répertorie tous les lieux où sa petite ville a été mentionnée. Aux visiteurs, il en fait un long exposé.

*

Kirovsk est au bout du monde, mais un peu plus loin, il y a encore Koukisvoumtchorr, un arrondissement suburbain de la ville de Kirovsk, où l'on récolte des épilobes blancs pour faire du thé.

Koukisvoumtchorr est adossé à des montagnes. Il est sorti de terre en 1929, on y a déporté de force des paysans pour creuser des mines dans la roche.

À Koukisvoumtchorr, on trouve une filiale de la bibliothèque de Kirovsk. Parfois, dans les lieux reculés, le catalogue de livres ne s'est pas beaucoup épaissi depuis la chute de l'Union soviétique.

3.

Moscou peut-elle survivre moralement à la guerre ?

*

Sous la plume de Diderot, les ruines sont la preuve que rien n'est éternel, pas même ce que les grands de ce monde ont construit, à l'apogée de leur mégalomanie.

« Le temps a réduit en poudre la demeure d'un de ces maîtres du monde, d'une de ces bêtes farouches qui dévoraient les rois qui dévorent les hommes. [...] Eh bien, ces puissants de la terre qui croyaient bâtir pour l'éternité, qui se sont fait bâtir de si superbes demeures et qui les destinaient dans leurs folles pensées à une suite ininterrompue de descendants, héritiers de leurs noms, de leurs titres et de leur opulence, il ne reste de leurs travaux, de leurs énormes dépenses, de leurs grandes vues que des débris qui servent d'asile à la partie la plus indigente, la plus malheureuse de l'espèce humaine, plus utiles en ruines qu'ils ne le furent dans leur première splendeur.[1] »

*

Sur les murs de briques rouges, au dos des cours moscovites, on devine les traces d'anciens garages, rasés par les autorités de la ville avec un tel enthousiasme que certains locataires, les plus indécis, les moins informés, n'ont rangé leurs objets, leur bric-à-brac entassé dans ce lieu, qu'une fois les quatre murs du garage démolis. Des chats sont venus faire la sieste entre les restes de ces ateliers intimes, de ces boîtes dont l'intérieur était soudain étalé au regard de tous.

*

Je suis allée en Sicile dans un village détruit par un tremblement de terre et abandonné par les survivants. Les maisons n'ont pas été reconstruites. À la place, un énorme monument de béton blanc qui redessine les ruelles disparues, moulées dans du plâtre. Un labyrinthe avec des pissenlits écrasés. Le béton a des reflets roses comme le sang.

*

La ruine peut se décomposer, elle peut se fragmenter, rouiller, rougir, devenir tendre. Elle n'est pas gravée dans du marbre, elle ne prétend pas au néant ni à l'immortalité.

*

Durant la Seconde Guerre mondiale, des artistes soviétiques ont tenté de documenter les destructions auxquelles la ville de Leningrad avait été soumise, assiégée pendant deux ans par l'armée nazie. Garder une trace visuelle de la dévastation. Dessiner les ruines pour surmonter le traumatisme, pour ne pas oublier les souffrances. Pour rendre hommage à l'espace physique encore debout.

Les habitants de Leningrad et les autorités locales voyaient la reconstruction de la ville comme un devoir moral envers ceux qui avaient péri, ceux qui n'étaient plus là[2].

Mais le pouvoir central, à Moscou, poursuivait des objectifs moins nobles. Il utilisait la reconstruction comme une manière « d'effacer la mémoire des épreuves endurées par les habitants et de supprimer l'idée largement partagée qu'il y avait eu quelque chose d'exceptionnel dans le dévouement héroïque des habitants envers leur ville. [...] Progressivement, les récits officiels du siège mirent l'accent sur le rôle personnel de Staline et celui du parti[3] ». En parallèle, une partie de l'élite qui avait été à la tête de la ville pendant le siège fut décimée par le pouvoir, condamnée à mort.

*

Sur le sol des cours moscovites, on trouve des publicités sauvages peintes à même l'asphalte, des numéros pour obtenir de faux certificats, louer une chambre dans un foyer, réparer des objets. On trouve des traînées de peinture, des taches étoilées au pied des immeubles qu'on repeint à la hâte, sans protéger le sol. Les petites barrières encerclant les platebandes de fleurs sont repeintes elles aussi, chaque printemps, bombées par des années de soin.

*

Les habitants de Leningrad ont vécu la faim et le froid extrêmes. Le corps devient ruine. Dans le *Journal du siège de Leningrad*, le personnage principal regarde la ville, les bâtiments encore debout, la réalité physique et humaine depuis la fenêtre, pour se rappeler que le monde existe. Ce regard matinal, c'est une question adressée au monde et l'attente d'une réponse, le besoin de preuves « du cours continu des choses[4] ».

*

J'ai habité quatre ans au dixième étage. Un jour, je me suis trompée d'étage et quand la porte de l'ascenseur s'est ouverte, je suis tombée sur un canapé. Alors j'ai fait tous les étages, un à un. À chaque fois, le tableau était autre. Il y avait des miroirs. Des plantes, de toutes sortes, à l'agonie ou luxuriantes, dans des pots immenses ou tout petits, rampantes, touffues, jaunies.

La veille de mon déménagement, j'ai voulu rester accoudée à la fenêtre, longtemps, pour graver dans ma mémoire cette vue que je ne verrai plus. Je me suis penchée le plus loin possible par la fenêtre, et pour la première et la dernière fois, j'ai compris qu'il y avait du vent.

*

Parfois, les places de jeux sont collées à des terrains de foot de quartier (qu'on appelle *korobka,* boîte), magnifiques rectangles de couleur lorsqu'on les observe depuis les hauteurs des tours d'habitation. Les graffitis des cours et des *korobka* sont systématiquement effacés par les services municipaux, ou plutôt dissimulés par une couche de peinture qui ne correspond jamais vraiment à la couleur du mur. S'en dégage alors une autre forme d'art de quartier : d'étranges rectangles de couleur unis, sur les façades comme un langage caché.

*

L'espace se décolore, rythmé de bouleaux blancs tachetés comme de tendres chiens et par la fumée des herbes qu'on brûle au loin.

Un train s'arrête en gare d'Okoulovka, à quatre heures du matin, il fait déjà jour, les datchas de bois sont visibles, endormies, douchées par la nuit. Nos corps, eux, ont été chauffés par le soleil et le sommeil, le temps n'avance plus. Sur le quai, des enfants en colonie de vacances montent dans un train longue distance. Leur monitrice les prie de ne pas faire de bruit, de ne pas réveiller les passagers endormis qui voyagent dans ces wagons-couchettes depuis plusieurs jours. Un homme ivre, fatigué, affable, incite les voyageurs qui attendent sur le quai à monter avec lui dans le wagon-restaurant, pour boire ensemble. Il parle de déception amoureuse, s'excuse de son état.

4.

Dans un train pour Novozybkov, deux cheminots – passagers cette nuit-là – ne m'ont pas laissée tranquille. Nous partagions le même compartiment, ils ont voulu parler, pendant qu'ils mangeaient leur casse-croûte, pendant qu'ils buvaient leur vodka. Ils ont commencé par se plaindre de leur quotidien, du taux de radioactivité des sols à Novozybkov. De l'absence de soutien des autorités.

Quelqu'un vous attend à Novozybkov, à l'aube, quand le train arrivera en gare ?

D'où vient votre accent ?

Vous n'êtes pas Russe ?

Puis ils ont fini par dire que tout allait bien, qu'il n'y avait rien à raconter.

À l'entrée de la forêt de Zlinka, des panneaux de prévention indiquent que la contamination radioactive est très élevée par endroits. Ils sont apparus juste avant la visite d'une commission de Moscou. Après le départ de la délégation, une partie des panneaux a été retirée.

*

La structure de la ville de Moscou est faite de cercles concentriques, comme un orgasme. Les fortifications successives qui sont tombées au fil des siècles ont creusé des artères, des boulevards, des voies trois fois plus larges que les autoroutes de mon enfance. Ces anneaux sont des sillons entre des trous noirs. Ils rythment les rues obscurcies par les arbres en été, les cours endormies où l'asphalte est gris-noir, où le sol est immense et luit comme un caillou.

*

Lors d'un autre voyage, le train a fait une halte en gare d'Arzamas, il faisait nuit déjà. Le ciel était transparent. J'ai pensé que je me trouvais dans la ville d'Arzamas-16, lieu de création de la bombe atomique, une localité secrète à l'époque soviétique, qui avait été retirée des cartes et des statistiques, si stratégique qu'elle n'avait plus de nom, mais juste un chiffre, accolé au nom d'une autre ville proche, Arzamas.

J'étais dans la gare d'Arzamas, cette autre ville, ni cachée ni secrète, en chaussettes, dans le couloir du wagon, intriguée par une inscription immense sur le sol du quai, à la peinture blanche : « Retire tes écouteurs et ton capuchon ».

*

Parmi les dizaines de villes « fermées » d'URSS, certaines étaient totalement isolées, d'autres beaucoup plus perméables. À Doubna, centre de recherche en physique nucléaire, des jeunes filles des villages voisins venaient faire connaissance avec les physiciens de l'institut, se marier avec eux.

« À pied, on pouvait pénétrer dans la ville, mais si vous veniez en train ou en voiture, tout de suite on vous posait des questions », me raconte un chercheur qui y travaille depuis soixante ans.

Mais pour avoir des tickets de transport, pour manger dans les cantines, pour se loger, il fallait travailler à l'institut ou y être invité. Il n'était donc pas réellement possible de vivre à Doubna sans en faire partie[5].

*

La ville est traversée par les hommes, ils font des trous à travers elle.

Yo no crucé la frontera, la frontera me cruzó, dit la chanson du groupe mexicain Los Tigres del Norte. Ce ne sont pas les hommes qui traversent la frontière, mais la frontière qui traverse le corps des individus. Elle se fragilise, devient plus hétérogène, plus humaine.

*

Deux mois après l'annexion de la Crimée, une loi russe est entrée en vigueur qui rend passible de prison tout appel « à la violation de l'intégrité territoriale de la Fédération de Russie ».

La Crimée ne pouvait plus prétendre à être rendue, sous peine que cela soit appelé du séparatisme.

*

Les orages d'été se sont succédé, les uns après les autres, jusqu'au jour où j'ai été avalée par la pluie. J'ai vu ma fenêtre du dixième étage disparaître, j'étais en bas du bâtiment, mes vêtements brutalement alourdis, semblables à du plomb, les arbres sont devenus flous, profondément noirs et verts, la bourrasque collait mes sandales contre la pédale du vélo que j'ai fini par abandonner, j'engloutissais l'eau de pluie comme de l'eau de mer, je n'arrivais plus à ouvrir les yeux.

*

Il arrive un moment où les lieux familiers entrent dans nos rêves. Ils deviennent obsédants, intouchables. Quel degré d'attirance faut-il avoir pour ces champs, ces maisons, ces ciels, ces angles de rues pour qu'un jour ils ne nous lâchent plus ?

*

Des parents de personnes travaillant à Arzamas-16 se sont rendus dans la ville d'Arzamas, ils ont essayé de trouver le nom de la rue et la maison de leur enfant, mais ils ont échoué. En revanche, ils ont été immédiatement repérés par les services de sécurité. Après tout, la *première ligne de secret* passait par la gare d'Arzamas, raconte dans la presse un expert du sujet.

Les villes secrètes ont changé de noms plusieurs fois. Sur les cartes grand public, les informations à leur sujet étaient inexistantes ou fragmentaires, ces localités n'étaient parfois qu'une route « qui finissait en pointillé dans la steppe[6] » ou « un petit lac bleu à la forme parfaite[7] ». Des villes perdues dans *l'épaisseur d'un papier calque*[8].

*

Alexandra, mère de famille à la beauté éblouissante, passe tout l'été à la datcha, jusqu'à l'ennui ; son père disparaît dans la forêt cueillir des champignons. Je me suis souvent demandé comment elle digérait ces heures de blanc et d'air, à la chronologie suspendue. Petite, pour rejoindre leur datcha à 300 kilomètres de Saint-Pétersbourg, elle mettait neuf heures, avec sa famille. Ils prenaient le métro, le train de banlieue, traversaient à pied une forêt puis un aérodrome. Puis son village s'est retrouvé, par chance, sur le tracé du train à grande vitesse.

Au début des années 2000, quand elle a eu des enfants, elle a commandé sur internet une petite datcha supplémentaire, facile à monter, toujours sans eau courante. C'est une équipe de foot d'une ville voisine qui est venue la construire. La maisonnette a été érigée en à peine deux semaines. Ils avaient un match à jouer, il fallait faire vite.

*

Aujourd'hui, Arzamas-16 a retrouvé son nom d'origine, Sarov. C'est toujours une ville fermée, mais elle n'est plus secrète, elle apparait désormais sur les cartes. Elle est protégée par une zone d'exclusion aérienne. Aucun individu extérieur à la ville ne peut pénétrer sans autorisation, même pas les chanteurs en tournée. Et ceux qui y vivent n'ont pas le droit d'aller à l'étranger s'ils sont au contact d'informations sensibles.

Il y a un siècle, un moine de Sarov, saint Séraphin, a été canonisé. Ses reliques se trouvent aujourd'hui en dehors de la ville, pour que les pèlerins puissent venir l'adorer. Il a vécu en ermite, prêchait l'idée d'atteindre le Saint-Esprit à travers l'amour. Mais des membres de l'Église orthodoxe russe, qui bénissent missiles et avions de chasse, prétendent que c'est grâce à ses prières que la ville a été capable de créer l'arme atomique cent cinquante ans plus tard.

*

Quand les autorités russes d'une autre ville fermée – Rosliakovo – ont annoncé que la localité redeviendrait une ville normale, ouverte à tous, les habitants sont sortis dans la rue pour protester. Qui dit enfermement dit privilèges. Pendant des décennies, les villes fermées abritant des scientifiques étaient bien loties, fournies en produits inaccessibles au citoyen soviétique ordinaire.

Certains, à Sarov-ex-Arzamas-16, décrivent leur ville comme une « île de stabilité dans un monde sauvage et imprévisible. Ça vous donne un sentiment de confort et de protection, l'impression que les gens de cette ville font comme partie d'une seule grande famille.[9] »

5.

Comment sortir de la ville ? Aborder ce territoire chaotique, sans liens entre les choses. Où s'arrête la capitale-monde, comment s'emboîte-t-elle avec l'espace qui suit, le tissu, les ligaments de la périphérie.

Le chauffeur de taxi attend, la vitre ouverte, le bras dehors. Il démarre et nous longeons les forêts de bouleaux ployant sous la chaleur, les usines somnolant comme de gros corps lourds, les dos de garages, les chapelles, les gratte-ciels, les centres commerciaux, les ponts et les étangs, les parcs qui se perdent dans la densité des feuillages.

Nous arrivons quand le soleil se lève. Le soleil blanc de trois heures du matin. Le hall des départs de l'aéroport Domodedovo est suffocant, noir de monde. La climatisation est tombée en panne, l'ambiance est tropicale. La nuit, les charters se succèdent. La classe moyenne s'engouffre en vacances dans cette nuit poisseuse.

*

Prendre des terres pour avoir l'air fort. Avoir l'air fort pour rester au pouvoir, assurer sa survie. Faire corps avec celui qui prend des terres pour avoir l'air fort.

Prendre encore plus de terres car celles qui nous appartiennent tombent en lambeaux, brûler des terres, écraser des rêves, pour avoir l'air grand.

Ne pas savoir quoi faire des terres qu'on a déjà.

*

En 2007, au milieu de la nuit, une explosion a retenti dans le foyer pour étudiants de l'université d'État de Moscou, entre le quinzième et le seizième étage.

L'alarme anti-incendie n'a pas fonctionné, un ami est sorti nu sous son peignoir. Nous nous sommes retrouvés, un peu plus d'un millier, au pied de l'édifice, dans la neige, devant des pompiers mal réveillés.

*

Il y a dans la capitale des territoires entiers qui sont *sacrés*. Marqués du sceau du pouvoir et de l'interdit, comme si on avait effacé une partie de l'espace public. En 2011, plusieurs ruelles autour de l'administration présidentielle ont été interdites au trafic et équipées de barres automatiques pour ne laisser passer que les véhicules autorisés. Les autorités voulaient aussi barrer la route aux piétons. Finalement, elles ne l'ont pas fait[10]. Mais en pratique, les habitants n'osent plus s'y aventurer. Usines, monastères, terrains vagues, entrepôts, ministères – les lieux scellés sont visibles par fragments. Comme nous sommes forcés de les contourner, la déambulation en ville devient par essence une suite de détours, de chemins de traverse.

L'université d'État de Moscou était une forteresse pleine de trous. Pour cent roubles, nous pouvions soudoyer les gardes pour pénétrer dans les étages sans carte d'étudiant. C'était plus difficile de convaincre la concierge de ne pas fermer à clé, en fin de soirée, les cuisines communes. Lorsqu'on achetait un frigo individuel, pour notre chambre, il fallait un laissez-passer pour le monter.

Le jour des portes ouvertes de l'université, je me souviens avoir noté : « Journées portes ouvertes : la plupart des accès sont fermés, il faut un laissez-passer spécial pour la journée. »

*

Nous sommes assis par terre, quelques heures après l'explosion, dans les couloirs, les étudiants passent au-dessus de nous pour se rendre en classe. On nous propose de patienter dans un lieu plus confortable, et c'est là que j'entre, pour la première fois, dans le palais de la culture – la salle de spectacle – de l'université. Couchée sur les fauteuils du parterre, en doudoune et en pyjama, sous un grand lustre éteint, je regarde la scène. Une inscription festive et fanée pend, entourée de ballons : « Joyeux anniversaire à la faculté de psychologie ! »

Partout des fleurs, des ballons, des parades.

*

Personne n'est mort. Nous n'avons jamais su qui avait posé cette bombe artisanale. Plusieurs thèses ont circulé. Dont celle d'un règlement de compte entre plusieurs compagnies de sécurité privées, chargées de contrôler les allées et venues des étudiants, d'assurer notre sécurité.

*

En Russie, à proximité des frontières, il y a d'immenses bandes de terre au régime spécial, à l'activité économique restreinte, où l'on ne peut pas circuler librement.

Ces zones tampons avalent des milliers de kilomètres, de Mourmansk aux îles Kouriles, de Magadan à Kaliningrad, de Saratov aux petites îles de la mer Caspienne.

Ces zones frontalières sont aussi ce qui empêche parfois de voir la mer.

La mer Caspienne, côté russe, se transforme en mirage. L'écrasante majorité des côtes n'est pas accessible, puis il y a le delta : au nord de la Caspienne, la Volga se fractionne en milliers de rivières et de lacs intérieurs. Les routes qui mènent à ces zones humides passent au milieu des marais et des vasières, les barques se perdent dans les bras du delta. Tout se ressemble, dans cette immensité de lotus et de vert. Mais on n'atteint toujours pas la mer.

*

L'université était tentaculaire. Je n'ai jamais exploré la piscine, malgré les odeurs de chlore, certains jours de semaine, dans l'entrée principale. J'ai mis plusieurs jours à trouver les cantines, la buanderie qui correspondait à mon secteur d'habitation, le salon de coiffure, dissimulé dans un sous-sol, à côté d'un étal de fruits et légumes. Il fallait s'y rendre les cheveux déjà lavés et encore mouillés.

Vivre dans un lieu inaccessible aux non-résidents procurait une sensation agréable, mais n'épuisait jamais l'envie de conquête. On se retrouvait souvent soi-même face à des portes closes. Les ascenseurs ne desservaient qu'une partie des étages, il fallait en changer pour accéder à d'autres niveaux, la partie haute, au-delà du vingtième étage, semblait comme une zone frontière, la légende disait qu'elle était sous contrôle de l'armée.

Dans une allée majestueuse du bâtiment central, certains soirs, il y avait des cours improvisés de danses de salon, des ombres chaudes qui se trémoussaient, les colonnades n'étaient pas éclairées.

Avec un peu de chance, la lourde porte de bois sculpté était ouverte, et dans un silence absolu, nous épiions la salle de cérémonie, la plus importante de l'université, baignée d'une lumière laiteuse à travers de lourds rideaux blancs. Au loin, la mosaïque rouge sur fond or, dans un style Empire stalinien, sur cent mètres carrés, nous faisait un peu peur. Après tout, nous n'avions peut-être pas le droit d'entrer dans cette salle vide.

6.

Comme mes souvenirs ne sont pas précis, Moscou disparaît, petit à petit. Les détails s'effacent alors que la ville n'est faite que de ça.

La serveuse du café me demande toutes sortes de choses : êtes-vous prête à passer la commande ? Avez-vous lu nos propositions spéciales ? Souhaitez-vous une eau minérale à température ambiante, ou glacée ? Faut-il amener tous les mets en même temps ? Votre thé vert au jasmin, vous en voulez une tasse ou une théière ? Faut-il ajouter de la menthe ? Un petit gâteau, avec votre salade ? Puis-je répéter l'entier de la commande ? Avez-vous notre carte de fidélité ? Nous vous souhaitons un agréable séjour dans notre café !

Elle revient déposer les couverts pour un croissant.

*

Parce que la datcha est le lieu du *rien*, tout devient possible. Une autre vie prend forme, muette, inconnue. Il faut remplir autrement le temps et l'espace. « Il n'y a rien. Juste la forêt. Et la forêt est à nous. » L'amour, la découverte du sexe sont gravés sans témoin dans cette forêt terriblement dense. Les relations amoureuses tissées dans la nature ne survivent pas toujours au retour en ville : « Je n'ai même pas songé à continuer notre histoire quand nous étions tous les deux rentrés à Moscou, à l'automne. » La ville n'a pas seulement un autre rythme, c'est qu'à la ville, on ne se reconnaît plus : « C'est comme un *autre moi,* je pense autrement, je respire autrement. »

*

Le crépuscule est flou et si on reste dans le bois, il fait plus frais, on peut franchir à deux ces frontières fictives, entre l'ombre et le soleil. L'antre du bois est comme *un autre jour*, délivrant des cadres de ciel et de vert amande en haut des branches, nos corps sont jeunes, une chair obscure, collante, dorée. Le soir est en feu, mais depuis longtemps le soleil n'est plus là.

*

La légende dit qu'une partie des ouvriers qui ont construit l'université d'État de Moscou – des soldats de l'armée nazie faits prisonniers par les Soviétiques – tombaient dans le mortier comme des mouches sur cet immense chantier, et que leurs cadavres qui se sont désintégrés ont laissé des trous à l'intérieur des murs.

Quand nous habitions dans ces murs, nous répétions cette légende sans réfléchir à ce que nous disions.

*

Cela fait trois ans maintenant que je ne suis plus allée en Russie, alors que c'était ma maison.

*

Lors de son vol en orbite en 1957, la chienne Laïka portait un petit costume muni de capteurs, pour qu'on puisse mesurer la température de son corps, la fréquence de sa respiration.

On a choisi une chienne, car c'était un mammifère facile à dresser, on pouvait la préparer à un vol spatial dans un espace totalement exigu.

C'était un vol sans retour.

Les chercheurs n'ont eu qu'un mois pour tout préparer. Ils n'ont pas eu le temps de concevoir une manière de ramener Laïka saine et sauve sur la Terre.

*

La chienne devait être euthanasiée dans l'espace, au bout d'une semaine. En réalité, elle n'a vécu que six heures. Elle a explosé en vol, pourrait-on dire. Le lancement du satellite ne s'est pas passé comme prévu, la température de la cabine est montée en flèche, Laïka est morte de stress et de surchauffe.

La presse soviétique n'a pas mis en avant la vérité, le fait qu'elle était morte en quelques heures, car on ne voulait pas décevoir les gens, me dit un guide du tout nouveau musée du Cosmos.

Le tout nouveau musée du Cosmos ne met pas en avant non plus le fait que les médias soviétiques ont menti sur ce point pendant des décennies.

« L'impact au niveau de la communication a été phénoménal ! On a créé des cigarettes à son nom, des portraits à son effigie. C'était une immense prouesse pour la science et toute l'humanité. »

*

À la fin de l'adolescence, je suis tombée sur un livre de Boris Pasternak qui s'appelait *Les Voies aériennes*, un recueil de nouvelles.

Dans l'une d'elles, Pasternak décrit le passage de l'Europe à l'Asie, l'entrée dans l'Oural. À travers le regard d'une petite fille, par la fenêtre d'un train à l'aube : « La noiseraie bruissante dans laquelle leur train s'enfonçait en serpentant était devenue la mer, le monde, tout ce qu'on voulait, tout. Étincelante et bourdonnante, elle s'enfuyait vers le bas, large, s'abaissait en pente douce, puis se rapetissait et devenait plus dense et ténébreuse, pour enfin se jeter dans un précipice, absolument noire. Et ce qui était accroché là-bas, de l'autre côté de la faille, ressemblait à une sorte de gigantesque nuée d'orage, tout en boucles et en anneaux, une nuée vert paille qui se serait pétrifiée dans sa rêverie [...]

"C'est l'Oural ?" demanda-t-elle à tout le compartiment[11]. »

Le mot Oural est resté collé à mon oreille. Quand j'y suis allée pour la première fois, je n'ai pas vu ces noiseraies bruissantes. Le mot Oural ne lui allait pas.

La frontière entre l'Ouest et l'Est n'était pas claire non plus.

Un Russe de Sibérie peut qualifier les musulmans du Sud-Ouest du pays d'*Asiatiques*. Dans le bloc *occidental*, en politique, on trouve le Japon, l'Australie.

Évoquant *Le Voyage en Orient* d'Hermann Hesse, un ami russe me dit, en français : « Il faut que tu lises *Voyage à l'Est*. » Il n'existe qu'un seul mot, dans la langue russe, pour dire à la fois l'Est et l'Orient. Je lui raconte tout ce que, enfant, j'associais aux mots « pays de l'Est ».

*

De l'enfance, on garde en tête des noms qui nous semblaient si beaux. Plus tard aussi.

Naltchik, Iochkar-Ola, le fleuve Amour.

Koukisvoumtchorr.

Baïkonour.

*

La seule chose qui me rassure dans les villes secrètes, inconnues, c'est l'idée que derrière le néant se cache encore la vie, que la carte n'est pas le territoire, que là où l'on croyait qu'il n'y avait rien il y a des hommes. C'est une pensée naïve, car les archipels cachés du monde, la plupart du temps, ce sont des camps où l'on maintient des êtres enfermés.

*

Si on avait eu plus de temps, on aurait pu trouver un moyen de faire revenir Laïka sur terre, l'accueillir en héroïne.

*

« Dans une vision musulmane, l'Asie était située à l'ouest, puisque le monde gravitait autour de La Mecque et que le nord était africain, comme la montre la splendide carte qu'al-Idrissi avait conçue à l'usage de Roger, roi de Sicile, vers le milieu du XIIe siècle. Il aura fallu attendre pour que l'Europe migre au nord et que l'Asie accepte, sans caprices, de jouer son rôle d'Orientale. L'Orient désorienté était enfin orienté *comme il faut*. Le travail de sape de la colonisation n'allait pas tarder à entrer dans une phase active[12]. » (*Atlas des Égarements*)

7.

On a beau coloniser des terres, la teneur des mots nous échappe. Je repense au fleuve *Amour*.

Bienheureux celui qui ne sait pas, jusqu'à la fin de ses jours, ce que veut dire amour, exactement. Celui qui, à chaque fois, se dit *c'est ça*.

La ville, un soir cru, comme un trésor
Des désirs monstres, interrompus, au soleil étalé.
La ville est faite de cercles concentriques
Le long des voies gonflées de sang.
Le mot *désir* lui-même donne des petits frissons.

*

Iochkar-Ola. Cette ville est une chimère. L'ancien gouverneur de la région a démoli une partie du centre-ville pour ériger des répliques de bâtiments célèbres : un palais des Doges, un château bavarois, un quai de maisons flamandes au bord de la rivière Malaïa Kokchaga. La rivière gèle, des enfants patinent au-dessous des maisons de Bruges, petits points dans le vide.

Parfois, une de ces demeures abrite un ministère, une supérette. Parfois rien.

Cette ville n'est pas secrète. Elle est impensable.

Depuis sa cellule de prison, l'ancien gouverneur – condamné pour corruption après seize ans de règne – écrit des poèmes. Il en écrit depuis longtemps déjà.

Sous le ciel bleu sans limites
Je change la vie de ce bourg ouvrier
J'entends le hurlement du loup d'acier

Il les lisait à l'inauguration de ses étranges palais.

*

Plus loin, dans les quartiers résidentiels, Margarita note, chaque jour, ce qu'elle fait. L'été, elle s'affaire sur sa parcelle de jardin collectif, « je n'ai plus d'ongles, je n'aime pas porter de gants pour retourner la terre », elle collectionne les figurines en porcelaine et les répertorie – date d'achat, prix, auteur. Elle en a plus de mille. « J'ai commencé avec cette oie. »

Tu es arrivée trop tard pour les roses, elles ont fleuri en une journée, tu sais combien il y en avait ?

*

Margarita est venue me cueillir à la sortie du train de nuit, nous sommes passées devant une statue de Lorenzo de' Medici, une sorte de place Saint-Marc, puis les tours d'habitation, l'orée de la ville, les nids-de-poule sur le chemin, son immeuble qu'elle a construit avec ses voisins de ses propres mains, elle nettoie la cour, déblaie la neige, taille les jasmins devant les portes, un petit complément à sa retraite. Les mercredis, avec ses amies, au *bania*, elles se coupent les cheveux l'une à l'autre. « Un fils alcoolique, tu ne l'abandonnes pas, mais un mari, tu peux toujours partir. »

*

La ville disparaît si on ne lui prête pas attention.

On s'enfonce dans le corps des tours d'habitation, les jardins collectifs, les *microraïony,* les ombres sont bleues, les silhouettes méconnaissables. On ne discerne plus de monuments ni de clochers emblématiques.

*

Le matin, elle arrose les concombres avec l'eau tiède de la veille, mange du poisson, congèle l'argousier. Elle ne s'arrête jamais. Et dans cette ville fictive, elle entasse, depuis ses dix ans, depuis les années cinquante, des albums entiers de photographies de célébrités, quelles qu'elles soient, Donald Trump, Alla Pougatcheva, des starlettes hongroises de l'époque communiste, Lolita Torres. « Alla Pougatcheva, j'espère qu'elle reviendra nous voir à Iochkar-Ola ! » Désormais, elle ne reviendra plus, elle est partie, avec son mari, en Israël, quelques jours après le début de l'invasion russe de l'Ukraine. Au moindre artiste de passage, Margarita se déplace devant les salles de spectacle, demande un autographe, elle est prête, avec toutes ses photos. « Comme je n'arrive pas les mains vides, je n'ai pas honte de m'approcher. Souvent, on ne te laisse pas entrer, mais quand tu viens avec cette grande photo ! »

*

Iochkar-Ola est une ville pauvre. En 2005, le parlement européen s'est penché sur les désastres de la gestion du gouverneur entiché de Renaissance. Journalistes et opposants harcelés, agressés, muselés. Pour punir les districts qui avaient voté massivement pour son rival aux élections, l'ancien gouverneur, Leonid Markelov (dont les initiales coïncident avec celles de Lorenzo de' Medici) a menacé de fermer les écoles.

D'une main, il a imposé une ville de carton-pâte syncrétique et confuse. Il y a quelques années, la ville a perdu son statut de « ville historique », mais des centaines de villes russes l'ont perdu. La nouvelle cathédrale de l'Annonciation à Iochkar-Ola est une fusion étrange, cauchemardesque, de Basile-le-Bienheureux à Moscou et de la cathédrale pétersbourgeoise Saint-Sauveur-sur-le-Sang-Versé.

D'une autre main, il a étouffé les droits du peuple autochtone, les Maris. Ils vénèrent des dieux dans leurs bois sacrés, attachent aux arbres des rubans de couleur, sacrifient des crêpes, des oies aussi. Certains d'entre eux mêlent tradition païenne et orthodoxie.

*

Margarita chemine sous le soleil.

Sur son corps, les marques de bronzage de l'été qui termine, les petits boutons de moustiques gravés, tout cela disparaît. La peau perd la mémoire. Chaque année, on s'était baignées de soleil pour changer de corps. Il ne reste rien de ces métamorphoses.

8.

Moscou a perdu la mémoire.

Les peupliers femelles lâchent des peluches partout, du coton blanc de juin.

La ville a cette chaleur étrange, presque artificielle. Le soleil se lève terriblement tôt. Il n'y a plus aucune transition entre le jour et la nuit, entre le froid et le chaud. Les choses arrivent sans préparation, sans promesse, de manière fantastique. Le *pukh*, pollen des peupliers, est facilement inflammable, on peut jouer à le faire brûler, il s'embrase immédiatement, c'est fascinant, bête et dangereux. Les flammes courent, aspirent le sol plumeux.

*

L'arrivée de McDonald's en Russie à la chute de l'URSS a été le symbole d'un monde libre, un lieu où l'on te servait soudain *avec le sourire*. Certains Moscovites qui sont venus, en 2022, pour découvrir la nouvelle version du fastfood, repris en main par la Russie quatre mois après l'invasion de l'Ukraine, ont souri de fierté. Une fierté ambivalente, contradictoire. Il y a eu foule. Des badauds, des journalistes, des correspondants étrangers, écrasés par le soleil.

*

Avec les ans, Moscou est devenue sucrée.

Au parc Gorki, la transformation a commencé il y a une dizaine d'années avec la rénovation des toilettes historiques, l'aménagement d'une berge pour les danses de salon au bord de la rivière, un premier distributeur automatique de graines pour oiseaux.

Puis la machine s'est emballée. L'ombre des arbres a été grignotée par la musique incessante des terrasses, les pédalos et le ping-pong, la pétanque, la patinoire, le cinéma en plein air, *la semaine créative.* Les festivals de sculptures de glace en hiver et gonflables en été, les carrousels, les sessions de yoga, l'observatoire des astres, les fontaines en musique. Le musée sur l'histoire du parc. L'audioguide sur l'histoire du parc. Le kiosque à souvenirs. La *Nike Box,* le volley-ball de plage, les duels littéraires, les conférences de nuit, *le flower tour* en bus électrique, le centre d'art contemporain, sis au milieu du parc, connu à la ronde pour ses gâteaux. Le sapin de Noël digital, qui s'illumine d'un fond au choix, après avoir scanné un petit QR code.

La ville perd la mémoire et sature. Elle est devenue regardable, consommable, mais aussi écœurante.

Le parc est si prisé que le samedi des embouteillages de piétons se forment dans les allées.

*

Jean-Luc Godard ne tourne plus de nouvelles images mais recycle les anciennes, les siennes ou celles des autres, dans un grand collage. Je vois parfois cette démarche comme un salut face à l'armée de formes et de couleurs qui envahit la ville et ma mémoire aussi. Je me demande à quoi ressemblerait Moscou si je ne devais en conserver qu'une image. Une photo d'identité, toute petite.

*

Juste après l'invasion de l'Ukraine, certains citoyens et citoyennes russes ont cessé de publier des photos sur leurs pages Instagram, pendant plusieurs mois. Puis ils ont repris ce témoignage photo d'un quotidien *qui n'avait pas changé.*

*

J'ai le sentiment que la ville n'existe plus, nos souvenirs non plus, mais nous sommes toujours là.

J'imaginais parfois la *fin* comme la ville se vidant de nos mémoires aveugles, les nuits turquoises coulant au fond de la rivière, la ville que nous avions connue disparaissait avec nous.

Alors qu'en réalité, nous sommes toujours là, mais il n'y a plus de vie. Tout ce qui faisait sens, tout ce que nous aimions, a disparu. La ville est debout, inerte, perdue à jamais.

*

Je regarde mon fils se retourner dans son lit, ses gestes précis, un peu saccadés, pour trouver le sommeil. Chaque soir, cette même chorégraphie nocturne, intime et personnelle. Une amie me dit que son bébé à elle se tape la tête contre les barreaux du lit pour s'endormir. Les gestes qui caractérisent aujourd'hui mon enfant ne dureront qu'un temps. Il aura oublié plus tard comment il s'y prenait pour s'endormir.

*

En Ukraine, il y a cet homme qui a sauté par la fenêtre, à Kherson, faute de médicaments pour se soigner. Il a laissé une lettre à sa fille, à côté d'une assiette de nourriture : « Sveta, ma fille. Mange des crêpes, c'est très bon avec du fromage. J'en ai marre des douleurs, je ne les supporte plus. Adieu[13]. » À Marioupol, un vieux boxeur, quatre-vingt-un ans, est mort dans son appartement. Son fils a répondu aux journalistes qui l'ont contacté : « Que voulez-vous savoir ? Comment mon père a agonisé une semaine parce qu'il n'y avait plus rien à boire[14] ? »

*

Dans un tunnel autoroutier, la fenêtre entrouverte, la nuit pénètre dans notre voiture bruyamment, le bébé ouvre les yeux mais n'a pas peur. Il se rendort, bercé par le mouvement du monde, il ne voit pas cette nuit d'acier, ces éclairs jaunes et noirs, il voit tout autre chose que moi.

Il y a vingt ans, j'ai passé des nuits entières avec un jeune garçon, notre histoire s'est installée, j'entrais dans l'âge adulte en retrouvant ce doux sentiment de dormir avec une autre personne. C'est rapidement devenu une accoutumance, un besoin. Je n'avais donc pas surmonté mes peurs enfantines d'ombres sous le lit aux formes monstrueuses. Pourtant, adolescente, j'étais comme un bébé qui traversait la nuit sans en avoir peur.

Nous ne sommes pas si forts. L'obscurité me donne parfois la nausée, ou c'est peut-être le fait d'être réveillée au milieu de la nuit.

*

À Moscou, une jeune activiste élabore de nouvelles formes de contestation contre la guerre, pour dénoncer les atrocités envers les Ukrainiens. Sachant que le moindre mot, la moindre pancarte entraînent de lourdes condamnations pénales, elle éclate en sanglots dans les transports publics comme moyen de *résistance*, pour susciter chez les habitants une forme de mobilisation contre l'horreur.

9.

Sur l'une des bâches semi-opaques qui recouvrent de belles maisons fatiguées en attente de subir une chirurgie esthétique, quelqu'un a fait des trous ovales : l'immeuble a des yeux de chat.

Pendant des années, il était interdit de prendre des photos à l'intérieur des stations de métro, d'immortaliser les mosaïques, les dorures, les entrailles des escaliers roulants. Aujourd'hui, c'est le métro qui vous regarde. Des petites caméras de reconnaissance faciale ont été installées sur les tourniquets, les traits de nos visages sont gravés dans l'œil de Moscou.

*

Parfois, les bâches qui cachent des maisons sont de grandes reproductions photographiques de forêt, qui cohabitent avec des arbres bien réels. Plus loin, un dessin d'oasis dissimule un terrain vague et la bâche se termine, au sol, sur un bout de neige qui fond.

*

Dans le marbre du métro de Moscou se cachent des ammonites, des oursins, des fourrés de corail. Ces fossiles ont été emmurés dans le calcaire devenu marbre qui orne aujourd'hui les stations. Des fragments de tiges de nénuphars ou des coquilles d'escargots préhistoriques font partie du décor métropolitain. L'artiste contemporain Evgeny Antufiev les a photographiés. J'ai cru dans un premier temps que cette vie sous-marine n'était qu'un mirage. Elle se révèle à qui veut bien la voir. Les constructeurs du métro la considéraient comme une erreur de matériau, une *ennuyeuse coquille*.

Quand Moscou sort de l'hiver, la lumière éclate. Éclate le chant du coucou au mois de mai dans la nature voisine. L'eau et le soleil sucent les débris de neige, les employés de la ville repeignent les barrières inutiles qui se mettent à étinceler. La décoration envahit le monde.

*

À Moscou, beaucoup de choses ont changé en l'espace de trois ou quatre ans. On pourrait décrire ce processus comme un *cadeau*. Le pouvoir local a offert aux citoyens une capitale prétendument confortable. On a agrandi les trottoirs jusqu'à l'excès. On a troqué l'asphalte pour des pavés de pierre, des bordures en granit, des pistes cyclables. On a repavé toute la ville. Si vite que les hivers suivants, les pavés ont commencé à se fissurer. On a rénové les musées, modernisé les bibliothèques, les marchés. On a équipé les transports publics de wifi, les stations de métro de spots à selfies, les arrêts de bus de prises USB.

On a rendu des rues piétonnes, mais la mairie a pris peur du vide. De l'espace qu'elle avait créé. Des balançoires, des terrasses, des pingouins et des fraises géantes, des festivals de la confiture, des marchés de Noël en plein été, des marchandises futiles, des anneaux de lumière, des mini-terrains de hockey sur gazon ont colonisé ces boulevards pour badauds.

*

Trois étés successifs, les rues ont été éventrées, les canalisations changées, les fils électriques enterrés, les bordures remplacées, des arbres frêles plantés à la hâte. La municipalité n'a pas avancé tronçon par tronçon, elle a ouvert le cœur de Moscou comme sur une table d'opération. Les nerfs à vif, des habitants ont ironisé : et si l'ancien maire avait caché un trésor dans le sol sans en indiquer le lieu, et que le maire actuel était frénétiquement en train de le chercher ?

La mue de la capitale a été interprétée, par certains, comme un acte politique. À défaut d'offrir à la jeunesse urbaine une démocratisation du pays, qu'elle réclamait à la fin du mandat de Dmitri Medvedev, on lui a offert une *occidentalisation* de l'espace urbain, les attributs d'un monde globalisé, comme si cela suffisait à masquer les traces d'un style autoritaire. En espérant ainsi la satisfaire, ou l'endormir.

*

La pollution lumineuse laisse derrière elle une nuit laiteuse, maladivement poudrée, passée à l'eau de Javel. La ville est gagnée par le silence et par la peur.

*

Moscou est une somme de fantasmes, de muscles et de murmures. Les parcs ont été revêtus de caoutchoucs de couleur, leurs allées envahies de lampadaires LED en forme de clochettes, la mise en plis des espaces verts a asséché les racines des arbres. Des buissons où nichaient les rossignols dans le parc Berezovaya Roshcha ont été sacrifiés. Réaménager ainsi les lieux boisés de la capitale, c'est comme *désinfecter la mer avec du chlore*[15].

*

La nuit, loin des regards, des caniveaux ont été installés dans l'une des plus grandes forêts de Moscou. C'est aussi la nuit que les autorités de la ville de Moscou ont rasé une centaine de kiosques, à l'hiver 2016. En une seule nuit. Cafétérias de fortune, baraques à fleurs et à kebabs, magasins de collants et de téléphones, pavillons commerciaux qui s'étaient agglutinés de manière intuitive sur les lieux de passage. Certains commerçants ont refusé de quitter leurs magasins quand les pelleteuses se sont approchées pour les détruire, la marchandise encore à l'intérieur.

Ces kiosques n'étaient pas beaux. Ils ont essaimé dans les années 1990, avec l'ouverture à l'économie de marché ; symboles de la liberté d'entreprendre à toute petite échelle, de la liberté de satisfaire les besoins les plus triviaux, un paquet de cigarettes, un pain fourré, un slip, une figurine de porcelaine, une coupe de cheveux, une photo d'identité en couleur ou en noir et blanc.

*

Les cafés de Moscou sont chauffés comme des biscuits fondants. Nos souvenirs glissent et se liquéfient sur des espaces nouveaux, purgés et triomphants. Les kiosques collés aux bouches de métro, leurs racines entremêlées aux communications souterraines, tout cela était un *danger pour les habitants*.

La mairie prétend que les commerçants de ces petits pavillons étaient en possession de titres de propriété frauduleux, obtenus avec la complicité de fonctionnaires corrompus pendant les années de *chaos* qui ont suivi la chute de l'Union soviétique.

10.

Je suis retournée dans cette forêt que nous traversions à vélo, avec ma sœur et mon papa. Elle s'incline devant les saisons, les humeurs, la sécheresse. Elle garde les traces des histoires que nous avons lues : *Les Malheurs de Sophie, Le Rouge et le Noir, Le Hussard sur le toit*. Tout cela trouve sa place ici, dans ces antichambres de ciboulette sauvage, quand la nuit tombe, quand quelque chose vole dans l'air sans que l'on sache de quoi il s'agit.

Lorsque j'étais enfant, cette forêt était emplie de fictions, je projetais dans cette nature tous mes rêves, c'était un tremplin vers une autre vie. Aujourd'hui, quand j'y retourne, c'est mon enfance que je vois, elle aussi fantasmée.

*

En hiver, le sol n'est plus droit. Moscou passe des mois à gonfler et à fondre, par poussières et rafales, couvertures immaculées qui se muent en monticules inégaux de cristaux figés, noircis. Le long des voitures, le long des murs, la terre remonte. Dans la nuit froide, la surface de la ville est lunaire, glace translucide recouverte de sucre. La neige met des mois à se retirer et chaque soir, en entrant dans l'immeuble, j'essuie ces restes, d'abord sur un grand morceau de carton, puis sur un tapis.

Petite, au réveil, je me disais parfois il a neigé cette nuit, un air bleuté fragile, un voile, quelque chose.

*

Il y a des immeubles qui deviennent ruines alors qu'ils n'ont jamais servi. C'est assez vertigineux d'imaginer une maison inhabitée, vieillissant seule, sans témoins. Dans le village où j'ai grandi, il y a un immeuble de bureaux qui n'a jamais trouvé preneur, balafre de couleur violette au milieu des champs.

*

Je quitterai Moscou sur une petite barque. Je réciterai le nom des mers vers lesquelles nous pourrions dériver :

la mer Blanche
la Caspienne
la Baltique
la mer d'Azov
et la mer Noire.

Il existe un canal qui relie Moscou au fleuve de la Volga. De là, par un réseau complexe de voies fluviales, le sang de Moscou atteint cinq mers.

Ce canal a vu le jour dans les années 1930, par le travail forcé. Il reste quelques traces physiques, infimes, de ce goulag. D'anciens baraquements pénitentiaires. Des bases de ravitaillement du camp. Des fosses communes où se trouvent les corps des prisonniers jamais identifiés. Sur ces tombes, la vie frénétique se poursuit. De nouvelles constructions enterrent ces charniers dans l'oubli.

Si on gratte sous la croûte des récits familiaux, on tombe sur des déplacements de masse, des vies réduites au silence, des individus s'échappant par la fenêtre, craignant d'être vus s'ils passent par la porte d'entrée.

*

Dans les montagnes du Caucase, en 2022, des jeunes Russes, sac au dos, se déversent aux bordures de l'Empire, ils ne veulent pas faire la guerre, ils ne veulent pas mourir, ils tentent de sortir des griffes d'un pouvoir qu'ils ont ignoré, d'une réalité qu'ils n'ont pas voulu voir. Avalant des kilomètres, dans le vide, sans aucune frontière pour les traverser.

*

On enrôle des réservistes, des frères, des oncles, des cousins. On mobilise des corps éteints pour la patrie, des corps qui respiraient dans les interstices et les fissures du système. Ils partent à la guerre dans des bus jaunes boueux, des bus scolaires, avec, en grand, écrit dessus, le mot ENFANTS.

*

Par instants, à Moscou, la rivière semble à portée de main. Après l'orage, quand le soleil métallique réapparait pour irradier le sol mouillé, l'asphalte est un front de mer qu'on dirait gagné par les vagues.

Des flocons lumineux viennent tapisser la nuit perdue, comme un jeu d'optique. Hors de la chaleur jaunie des intérieurs, ce froid, au plus fort de l'hiver, nous donne l'illusion de renaître. Ce blanc irrationnel est une consolation.

*

Des hommes, jeunes et moins jeunes, laissent derrière eux les objets qui leur ont donné vie. De cette manière, Moscou et la Russie perdent un peu de leur matière première, ce sont des étoiles de mer sur une étagère, des gants de boxe, des livres de chevet, des cravates à pois blancs, des chandeliers, des violoncelles, des chaussures de cérémonie, de vieux livres d'école, de la vaisselle usée. Des chats, des chiens, vivants.

Des hommes fuient. Même s'ils souscrivent au récit fantasque du pouvoir, même s'ils défendent une guerre injustifiable et insensée, ils ne veulent pas forcément en payer directement le prix. Moscou, ville *héroïne*, où le silence purge le ciel, où même la neige est en suspens.

*

Peut-être que le mieux serait de ne garder de Moscou aucune photo, aucune image.

Je pense à ces appartements en panneaux préfabriqués, vétustes mais inlassablement retapés par certains des habitants, jusqu'au jour où les autorités de la capitale, propriétaires du sol mais pas des murs, ont lancé un vaste plan de *rénovation,* arrachant aux habitants leurs souvenirs, leurs proposant d'autres immeubles, tout aussi friables, des immeubles de vingt, de trente étages, hostiles et criards.

Je me souviens d'une chambre au papier peint brun pastel, sur ce papier peint était accroché un tapis, et sur ce tapis était clouée une icône. Je me souviens d'un jour où, fuyant Moscou en proie aux incendies d'été, une amie nous avait mis à disposition le trois-pièces d'une connaissance qui n'était pas là. Nous avions dormi dans ses draps aux motifs de panthère, nous avions respiré la poussière de toute une vie, des armoires d'objets pêle-mêle, de clous, de câbles, de bibelots, une lampe décorée de feuilles en plastique d'automne, dorées.

*

La Russie est un pays étrange, dit Maxim Trudolyubov : un État impérial qui traite même son propre territoire comme une colonie. Le résultat paradoxal de l'expansion de la Russie, au fil des siècles, c'est que le pays est immense, mais qu'on y vit à l'étroit, faute d'espace où vivre dignement[16]. Le quotidien de plusieurs générations de Soviétiques a été marqué par la pénurie de logements, la promiscuité. On a collectivisé les campagnes, déporté des masses humaines, on a industrialisé et urbanisé le pays à marche forcée.

L'espace personnel d'une famille pouvait se réduire non pas à une chambre, mais à un coin de chambre. Un dessous d'escalier. Jeunes diplômés, Sergueï et Anastasia, dans les années 1970, ont déménagé dix-sept fois en l'espace de trois ans. Ils ont vécu dans une roulotte, en pleine taïga, au rythme de la route militaire que Sergueï construisait. Anastasia avait vingt-trois ans, elle plongeait la lessive dans un trou d'eau glacée creusé dans la rivière. Plus tard, avant d'obtenir un appartement, ils ont déménagé avec leurs deux enfants dans un bout de corridor, avec un petit rideau pour plus d'intimité.

*

Lev a fui par la Finlande, en septembre 2022. Il a laissé à Moscou son vélo, préparé pour l'automne, armé contre le premier gel, vif, piquant. C'est en me voyant rouler dans la capitale quelques années plus tôt, partir à l'assaut de cette Moscou que nous avions faite nôtre, qu'il a voulu s'y mettre. Un jour, à trois, nous l'avions encouragé à prendre une bicyclette en libre-service pour nous accompagner. Il n'a pas osé nous dire qu'il n'était jamais monté sur un vélo de sa vie, il nous a suivis, maladroit, éperdu, sur l'anneau des jardins.

11.

L’aube est rouge. Autour de l’église blanche, derrière des tours vitrées, un *food court* luxueux saturé de lumière, où plus personne ne respire. Un tramway passe, entouré d’une guirlande. Des motifs patriotiques et guerriers tapissent les murs des impasses, des cours et les jardins publics, les bâtiments officiels et les terrains vagues.

*

« Les hommes ne voulaient pas mourir… Nous répondions à chaque gémissement, à chaque cri. Un blessé, qui avait senti qu’il mourait, m’avait saisie par l’épaule, comme ça, m’avait serrée contre lui et ne me lâchait plus. Il lui semblait que si quelqu’un était à côté de lui, si l’infirmière était tout près, la vie ne le quitterait pas. Il suppliait : “Si je pouvais vivre encore cinq minutes. Encore deux minutes…” […] Tant qu’il entend encore… Jusqu’au dernier moment, vous lui dites que non, non, c’est impossible qu’il meure. Vous l’embrassez, le prenez contre vous : “Allons, allons, pas de bêtises !” Il est déjà mort, ses yeux fixent le plafond, et je lui chuchote encore des mots…[17] »

*

Une partie des habitants a décidé de ne plus s'informer, ne pas savoir ce qu'il se passe de l'autre côté de la frontière, où des gens tuent et se font tuer. Tout semble inextricablement compliqué, *on ne sait pas qui dit vrai*, la géopolitique est quelque chose de *si sale*, s'y aventurer tient de la *naïveté*, de la *bêtise*, de la *folie*, ils tentent de se convaincre que des pans entiers de la vie – noirs, sombres – peuvent disparaître si on cesse d'y penser.

Certains n'osent plus vraiment parler, on passe de l'effroi à l'inexistence. Parler de la guerre à table, le soir, en famille, c'est prendre le risque que les enfants en parlent ensuite devant leurs camarades, qu'ils digèrent ces mots à voix haute. Des professeurs dénoncent des parents. Parfois ce sont les élèves qui versent dans la délation, filment leurs enseignants insoumis au régime, les livrent au Comité d'enquête.

*

L'horreur de la guerre n'est pas perceptible, mais des êtres humains sont capables de la mettre en œuvre. De la promouvoir, de la désirer. De renoncer, sciemment, à tous les garde-fous. D'entraîner avec eux des mères, des familles de soldats, qui préfèrent croire que leur fils n'est pas mort pour rien.

*

Un autre été arrivera, nous nous engouffrerons dans le soleil. La nature ne deviendra pas plus fertile, nous irons nous cacher dans les datchas, en attendant que la vie revienne. L'odeur du vent d'été brossé de *pukh*, celle du pipi de chat séché.

*

En Russie, des barrières entourent chaque tombe. Des clôtures de bois ou de métal, d'un bleu ou d'un vert céleste. Envahies par les herbes hautes en été, ces tombes ressemblent à des lits d'enfants. Les fleurs en plastique des couronnes mortuaires, fluorescentes, forment un tapis au pied de pins immenses.

À l'époque soviétique, le domaine funéraire était sous-règlementé, sous-financé, « les habitants des villages et des petites villes menaient seuls toutes les actions nécessaires à l'inhumation, y compris le choix d'un lieu dans le cimetière. Les cimetières se remplissaient alors sans logique, de manière spontanée et confuse. Le choix d'un emplacement pour la tombe se faisait conformément aux représentations qu'on se faisait d'un bon ou d'un mauvais endroit, mais aussi selon la proximité avec les sépultures des parents, les accords entre voisins. Une personne choisissait une place qui était libre pour inhumer un proche, délimitait cet espace au moyen d'une clôture ou en plaçant des objets de commémoration funéraire, et de cette manière désignait son droit de propriété sur la terre[18] ».

*

Nombre de cimetières n'ont pas été cadastrés, ils n'existent nulle part, aujourd'hui, sur les cartes. Ce sont les citoyens qui en prennent soin.

*

Il y a une fleur invasive, qui raie le territoire, la berce du Caucase, sa fleur n'est pas méchante, mais sa sève est toxique, elle envahit les champs et les villages, sans résistance, l'avenir entier est rempli de berces du Caucase, deux fois plus hautes que les hommes.

*

De Vladivostok, j'ai pris la route jusqu'au hameau de Steklianoukha. Vitaly, devant son bois coupé pour la fin de l'hiver, au crépuscule, me montre son potager, une parcelle confisquée par un vaste projet de repeuplement de l'Extrême-Orient. L'État offre un hectare gratuit aux citoyens qui veulent bien aller au bout du monde, mais Vitaly, lui, y habite ! La parcelle dont il est devenu propriétaire à la chute de l'Union soviétique n'est pas enregistrée auprès des autorités, il n'a pas fait l'effort de le faire, ou alors on ne l'a pas prévenu que les documents anciens n'étaient plus valables, sa propriété, comme tant d'autres, n'existe pas *sur la carte*, on a donc attribué cette terre prétendument vierge à tout citoyen qui voudrait la faire sienne.

*

Nous avancerons les yeux bandés, les moments de joie gravés. Nous dormirons dans la neige pour garder un lien avec le monde physique, peau à peau avec la ville faite de nos souvenirs chaque jour sécrétés. Nous détournerons les yeux devant les statues et nouveaux monuments du régime : à mesure qu'ils peuplent frénétiquement le territoire, l'histoire disparaît.

*

Sur une estrade, au fond d'une allée, dans le parc en face du théâtre de l'Armée rouge, plusieurs après-midis par semaine, des retraités viennent danser. On dirait des figures de cire, si ce n'était leur obstination, leur grâce aussi par moment. Les mélodies se suivent, dissonantes, des airs traînants de comédies musicales, des paroles en anglais, en espagnol, langoureuses, tropicales, excessives.

J'y suis allée souvent. Je suppose qu'ils y sont toujours. Un homme costaud, gilet noir sur chemise à carreaux, pantalon blanc et chaussures beiges, le ventre en avant. Le regard concentré et ravi. Les couples tournent. Des femmes ridées, comme des petites poupées, certaines s'étirent le cou, le corps entier. Maigre jambe dans un bas translucide. L'une d'elles tombe la veste sur une jupe rouge, un haut noir à volants. Saccadé, l'homme veut suivre, gris, un autre s'élance. Petit déhanché incroyable, sec, tenu, rapide. Néon du soir sur un homme avec une casquette, assis dans les gradins.

Tous ces instants vécus me semblent fantasmés. À quoi pensent ces hommes et ces femmes ? Pensent-ils encore ? Où va cette énergie qu'ils mettent dans la danse ?

Ils me font penser à ces feux zombies, ces vestiges d'incendies de l'été précédent qui survivent sous la neige, résistants à la nuit, terrés dans l'obscurité. Si seulement ils pouvaient renaître comme une force de vie.

À Jérôme et Abel

Notes

1
Denis Diderot, *Ruines et paysages : Salon de 1767*, Éditions Hermann, 1995, p. 364-365.

2
Andreas Schönle, *Architecture of Oblivion: Ruins and Historical Consciousness in Modern Russia,* Northern Illinois University Press, 2011, p. 176.

3
Idem.

4
Lidiya Ginzburg, *Journal du siège de Leningrad*, trad. Michel Doury, Christian Bourgois, 2006, p. 32-33. Citée par Andreas Schönle.

5
Kevin Limonier, *L'Archipel des savants*, Éditions B2, 2018, p. 33.

6
Idem, p. 29.

7
Xenia Vytuleva, *From Copy–to Trope: Secrecy, Quotation and Urbanism in Soviet ZATOs*, Perspecta 49 (MIT Press), 2016, p. 222.

8
Idem, p. 221.

9
Habitants de la ville cités dans un article de *Russia Beyond the Headlines*, 10 février 2013.

10
Sergey Novikov et Max Sher, *Infrastructures: Power, Property and Territory in the Post-Soviet Space*, RecurrentBooks, 2019, p. 112.

11
Boris Pasternak, *Œuvres*, Gallimard la Pléiade, 1990, p. 400-401, 1990.

12
Bertrand Westphal, *Atlas des égarements : Études géocritiques*, Éditions de Minuit, 2019, p. 130.

13
« Guerre en Ukraine : à Kherson, la vie à l'heure russe », Florence Aubenas, *Le Monde*, 29 juin 2022.

14

15
Expression du député municipal moscovite Konstantin Yankauskas, dans un article de *The Village*, 11 février 2021.

16
Maxim Trudolyubov, *Люди за забором. Частное пространство, власть и собственность России* Éditions Новое издательство, 2015, p. 11. (*The Tragedy of Property: Private Life, Ownership and the Russian State*, Polity, 2018).

17
Svetlana Alexievitch, *La guerre n'a pas un visage de femme*, trad. Galia Ackerman et Paul Lequesne dans *Œuvres,* Actes Sud, 2015, p. 140-141.

18
Varvara A. Zotova, Sergey V. Mokhov, « Дело об ограде, столике и скамье : режимы справедливости в практиках распределения мест на кладбище » ("The Case of the Fence, Table and Bench: Orders of Worth in the Allocation of Places within a Cemetery"), *The Journal of Social Policy Studies*, vol. 15, n° 1, 2017, p. 26-27.

Isabelle Cornaz est née en 1982 dans une famille suisse et espagnole. Cette double origine, qui a beaucoup compté, a orienté ses études et l'a amenée à vivre une dizaine d'années à l'étranger, principalement à Moscou.

Après des études de littératures russe et espagnole à l'Université de Genève puis un master à Londres en politique russe et études des nationalismes, elle a travaillé en qualité de journaliste pour différents médias. Elle est aujourd'hui à la rubrique internationale de la Radio Télévision Suisse et réalise parfois des documentaires radiophoniques.

La Nuit au pas est son premier livre.